대가리

대가리

초판 1쇄 발행 • 2016년 3월 2일
개정판 2쇄 발행 • 2016년 6월 15일

지은이 • 고희림
펴낸이 • 황규관

펴낸곳 • 도서출판 삶창
출판등록 • 2010년 11월 30일 제2010-000168호
주소 • 04149 서울시 마포구 대흥로 84-6, 302호
전화 • 02-848-3097 팩스 • 02-848-3094
홈페이지 • www.samchang.or.kr

디자인 • 정하연
인쇄 • 스크린그래픽

ⓒ고희림, 2016
ISBN 978-89-6655-060-9 03810

＊이 책 내용의 전부 또는 일부를 재사용하려면
　 반드시 지은이와 삶창 양측의 동의를 받아야 합니다.
＊책값은 뒤표지에 표시되어 있습니다.

대가리

고희림 시집

삶창

머리를 지탱한 목이 탄다

나는 점점 조그만 벌레가 되어간다

참석자 수를 헤아리고

혁명을 파는[掘] 몫 없는 벌레

차
례

제2부

제3부

제4부

제
1
부

열사의 몸

우리가 열사의 산에 오르는 것은
열사의 몸을 섬기기 위함이다
열사는 몸으로 살았다

가치가 자신의 날개를 달고 이탈하면
동냥 밥그릇이 되었다가
비싼 넥타이핀이 되었다가
당신의 몸은 조화造花처럼 늙어갈 뿐

누구는 엿가락처럼 늘려 이를 가치라 하고
누구는 돌덩이처럼 뭉쳐 이를 가치라 한다

이미 몸을 이탈한 가치는 유령이 되어
세상 사람들의 머리 위를 떠돌며
음식을 씹는 이빨과 혀로
나는 가치다, 나는 가치이므로 가치다
라고 외친다

가치란 원래 몸에 담겨 있었으며

그럴 때만 가치이다

열사는 몸이다

고난을 당한 건 몸이다

태어난 만큼이나 강한 물음을 가진 몸

열사는 오직 몸으로 그 토대를 삼았다

다시 우리는 열사의 몸을 보기 위해 산에 오른다

혁명

1

마음은 깊은 곳에 있었다
커다란 몸부림과 소용돌이로
가끔씩 심연의 본원적 용트림으로

바닥의 하염없는 격정과 분노가
가끔씩 수면의 회오리로

어릴 적 마음은 파도 치는 곳이라고 알았다
세파를 겪고서야 겨우 그건 표층일 뿐
원래 마음은 하나였는데 깊일 알 수 없었다

어릴 적 의아심을 가지고
혁명을 바라보던 그때는
태양의 속삭임처럼 그늘이 없었다
무엇으로도 대신할 수 없는
모두가 원래 자유인 그 자유였다가

허위이면서 고문이었다가
살아온 세상이 바뀌기를 바라는 마음의 간절함이었다

2

세상살이 물 흐르듯 지나지 못하고
다만 이런 세상에 혁명이라는 말에 현혹된
말도 안 되는 꿈을 단번에 버리고 싶은
부끄럼 같은 것이 오히려
불안하다

밥 잘 먹고
커피 마시며
문학과 혁명을 공부하면서
잊어버리고 잊지 않으려 하는 맘이
서로 충돌하여
나는 내가 사라지게 하고 싶을 때가 있다

수많은 생각과 생각을 잇는 다리를
피난민처럼 건너고 있다
다리를 건너가면 무엇이 또 있을까
다리를 건너갈 수는 있을까

다르다 다 다르다
너무 달라서 사람의 눈을 쳐다볼 수가 없다
멀리서 다르고
가까이서 다르고
내일이 와도 봄을 알 수 없다

3

국가와 혁명의 원죄를 대속한,
아이들이 사라진 바다
평화롭기조차 하다

유혹

당신은 날 소년처럼 유혹했다
난 당신을 소녀처럼 유혹했다

우리의 공통점은 맹목성,
순수의 다른 이름이다

우리, 어떤 시간과 공간 좌표에 있더라도
멀리서 겨우 눈짓만 하더라도

당신을 유혹하는 나를 기억하며
나를 유혹하는 당신을 기대한다

2015년 7월 31일
바로 이 시점에도

환영

설날 전야에 종로를 걷는다
그 옛날, 해방을 꿈꾸었던 거리
젊었던 골목길 그 날들,
칙칙한 포도에 꽃비가 나렸던,
내리고 날며 군무하며, 일시 중력이 사라진 듯
비장과 분개, 환희와 해방은 대립되지 않고
주검은 삶의 옆에서 더욱 빛났던

행인은 이웃으로 이웃은 친구로
어깨동무한 오른손에는 옆 사람의 심장 소리가 묻어
끝끝내 지워지지 않았던
슬픔과 기쁨, 삶과 죽음, 내 것과 네 것, 빛과 그림자
도대체 구분이 없었던
그들의 한과 희망으로 행진했을 이 거리를!

환영들은,
거리를 걷는 젊은이들의 투명한 틈 사이로
마치 연기처럼 신속하게 물민다

아— 그 뒤에도 겨우 몇 년의 간격으로 되풀이된
저항의 함성이 수명 긴 건물의 벽 틈에 고스란하다

나는 주머니에 손을 더욱 깊이 지르고,
동공을 흐리며 과거와 현재의 교차점에서 미래를 그린다
확인하기 어려운 어렴풋함
새것이 다시 낡아간다
(새로움만 사람들의 감수성을 울리고
낡은 틀의 사람들 오히려 방해꾼이다)

'모든 권력은 프롤레타리아에게'*라는 슬로건이 선명
하다
다시 전율이 밀려오고
내일 뜨는 해가 지지 않으리라 믿는다

실패의 절망을 머금으면서도 해방에 겨워한다
환희의 뒤를 이을 처참이 어른거린다
어쩌면 우리 생에 다시 닥칠 낯선 장면에서

욕동**이 춤을 출 새로움이
우리 자신의 습관을 깨트릴 수 있을까
혁명인들 그러할 수 있을까

광장

잃어버린 시간을 찾은 듯 먼지 앉은 한 권의 책을 펼친다
생각할 게 노을처럼 붉어지고 꼴까닥 해 넘어가 나도 따
라 넘어가면
나는야 다시 시작되는 긴긴 까닭을 너와 나의 아기처럼
안고
아는 것으로부터의 자유의 사다리를 타고 내려간다

천지에 가득한 슬픔을 지나
존재하지 않는 존재로서의 존재가 있는 곳,
나와
너의 코뮌으로 간다

대가리 1

국가는 계산적이었다
냉정하게 분류하고 머리 숫자를 중요시했다
명단에 오른 자와 체포된 자
체포된 자와 도라꾸에 실린 자
골에 도착한 자와 구덩이에 엎드린 자
사살된 자와 사진에 찍혀 미군 보고서에 첨부된 자
〈하나 예외, 함께 사살한 젖먹이 아이와 미취학 연령대
소녀〉
이들은 오직 대가리 숫자였다

그가 3대 독자든
그녀가 만삭이든
내일 혼례식을 앞둔 약혼녀든
억울하게 명단에 오른 자든
그가 독립운동을 한 자든 애국자든
그를 죽여 되레 전쟁에 패배하는 한이 있더라도
오로지 명단에 있고 숫자만 맞으면
그 자는 사살되고

생명은 추상 되어 대가리 숫자가 되어

그 골짝 우렁찬 살생의 함성 울릴 때

나무와 숲의 푸른 눈물에

짝짓기에 겨운 여름 귀뚜리조차 감히 울지 못했다

그렇게 전쟁이 끝나고도

사람들은 대가리를 갖고 놀았다

대가리는 오직,

1960년

군경에 신병이 인계된 대구형무소 수감자 명단 1402명

구슬치기처럼 숫자로만 의미를 가졌다

여전히

몸이 가진 삼라만상의 가치 중

오로지, 대가리 숫자만 취급하는

그 버르장머리를 숭상했다

대가리 2

국가는 계산적이었다
냉정하게 분류하고 머리 숫자를 중요시했다

봄밤을 설치며
여행을 떠난 부푼 아이들이었다
무지개와 같던 꿈의 턱이었던
아침의 문지방을 넘어
이 세상을 다음 세상으로 옮겨놓을 듯
순간 환상의 청룡열차를 타 오르다가
급하고 거대한 대가리 바다로 뚝 떨어진,
필연적 악연의 시간이었다

태초의 시간을 빼앗겨
돈의 사슬에 묶인 채
쳇바퀴를 돌던 배 구석구석
화물과 함께 짐짝처럼 가득 채워진 아이들이었다

바다 속 근방에선 무법의 노무라입깃*

누구나 화낼 수 있다는 듯 몰려다니고
나팔수 같은 물새의 주둥이
루루루루 꽃처럼 피는데
멈춘 시간도 나뉜 공간도 없이
배는 기울기 시작했다

가만히 있으라 해서
가만히 있은 아이들이었다
어디로 도망칠 수 없어서
살려달라고 문을 두드리던 아이들이었다
별처럼 높은 목청 물을 밀며
손가락뼈가 부러지도록 물 속을 긁었다
하염없이 기다리며
두껍고 차가운 물의 이불을 덮고 잠들거나
눈 뜨고 가라앉은 아이들이었다

대가리 숫자가 얼마 되지 않는군
계산기를 두드리던 국가는 죽은 뱀처럼 버텼다

살이란 살이 다 녹아버리고 뼈들끼리 산산이 흩어져도
물 속에 갇힌 사람들은 절대 죽을 수 없을 거란 기막힌
사실이
사람 사는 세상의 진리고 국가가 절대 모르는 이치라면
유족의 나라 창궐해도
천 번이나 만 번이나 국가는
뒤돌아 서서 자기 배를 채울 것이다

대가리 숫자도 얼마 되지 않으니
이제 그만 단식과 삭발을 멈추어라
한 대가리에 이만큼씩 지전을 세어보아라
아직 어린 나이에 비하면
그게 적은 돈이 아니다

* 해파리 한 종류.

분노

1

분노는 사랑의 다른 이름임을
날카로움의 끝에는 영혼이 서려 있음을
숭고함은 외마디 비명 끝에 따라오옴을

그리하여,
비명처럼 날카로운 분노의 용광로를 거치지 않고는
결코 삶에 이를 수 없음을

만약 그대가 살아가면서
애초의 숭고함을 잃었다면
거리의 신부를 보라

백발이 성성하고, 눈발이 번뜩이는
그의 외침을 들어라

'여기 와서 보시오'*

만약 그대의 힘으로 분노를 키울 수 없다면
거리의 신부의 도록을 보라

'이 독사의 자식들아'**

그래도 그대의 심장이 멎지 않았다면
이제 그대의 열정은 종말을 고한 것이다.

2

학살의 근현대사를
객관적으로 고찰하는 것은

근현대사를 학살하는 것이다

점잖은 교수님 흉내
모나지 않는 자리매김

분노라는 소요가 빠진
결국 논리에 급급한 그 심포지엄

그대가 만약 근현대사를 알고 싶다면
먼저 그대의 마음에 분노를 키우라

만약 그대의 힘으로 분노를 키울 수 없다면
거리의 신부의 도록을 보라

‘이 독사의 자식들아’
‘이 독사의 자식들아’

승리는 일시적이지만
분노는 영원하다
아, 사랑은 슬프고
분노는 사랑보다 숭고하다

*·** 문정현 신부의 서각 전시회 〈와서 보시오〉의 팸플릿 중에서.

대가리 3

국가에 체포되지 않는 만 열여덟
아들은 걸어서 철책으로 들어갔다
국가는,
아들들 대가리 위에 얹힌 우주의 덫

하나 둘 셋 넷!
받들어 총!
우향앞으로이 가!
군기가 바짝 든 아들은
국가를 받든 총이 되었다

멀리 늦은 진달래
아롱지고 다롱진데
연병장에 이는 먼지를 털며
마른 울음을 울며
아들은 제복을 입은 대가리
명령을 받은 대가리에
군번을 새겼다

나갈 때도 총 돌아올 때도 총
밥 먹을 때도 대가리
자기 전에도 대가리
하나 둘 셋 세이며 일렬로 잠이 든다

자신의 목표를 말하지 못한 채
전쟁의 목표를 외우고 있었다

국가 葛

기울 때까지 기운, '세월' 터지고 나서 한 말들은 예외
가 없었다

이 빨갱이 같은 년! 이라니

아이들이 사라진 건 국가의 잘못이 정녕 아니다 그 전
에도 전에도 사라진 사람들을 국가가 어찌 다 기억할 수
있겠나 갈 수 없는 길과 갈 수 있는 길이 있다 용병 바리
케이드를 칠 수밖에 없겠다 오늘 뜬 해가 지겠느냐 절대
믿음을 더욱 가져다오, 헌법보다 두꺼운 눈꺼풀을 믿어
다오 우리는 분단국가이다 '통일'이란 말을 함부로 쓰지
마라

언제까지나 인민들이란 박명薄命인 것이다
남측에 대한 맹세의 거품을 물어다오

사는 건 쉽게 표가 나지 않지만 표가 쉽게 나기도 하
는 촛물들이 흘러내리는 근대에서 떠나라

지금은 국가란 화병의 꽃을 꺾을 막바지 시간이 아니다

춘화 언니

1

아무 생각 없이 군림하려는 세계
영문을 알 수도 없는 명령에
복장 터지는 춘화 언니

흙의 질김과 하늘과의 사이에 어떤 목숨의 판화가
쿡 찍힌 듯이 버티며
어제의 숨결 갈아엎을 천지간 낫 한 자루 같은
삼평리 댁 춘화 언니

풍우검객들 모인 강호에 새벽이면
송전탑 정수리쯤을 향해
물구나무 선 人자 모양의 정문일침을 긋는 번개검 춘
화 언니

2

프랑스에서는 농부를 정원사라 불러요
농사를 지으면 보수를 준다지요
까짓것 몇 사람 사는 것에 불과한 마을은 결코 아니죠
사람을 젖 먹이고 키워 도시로 떠나보냈고
공기 오염의 정화가 가동되는
마당과 언덕의 숲속

철탑과 전봇대를 꽂으며 얕잡아 볼 게 아니라
밥술을 퍼 올리는 오래된 지평이
대출을 받지 않고 흉작에 시달리지 않고
도시에 사는 그분들의 아들딸들에게 소외되지 않고
무엇보다 점점 늘어만 가는 폐가와 이농을
우리 전부의 미래로 걱정하면 좋겠어요

우리를 알고 우리가 아는 사람들에게

1

1950년 이영근 씨는
청주에서 국회의원에 출마했을 때
'1일 3식 완전 보장'을 공약으로 내걸었다

2

일하지 않는 사람에게 주인은 품삯을 주지 않았다 일한 사람들은 모두 일당을 받았다 주인은 일꾼들의 일한 시간을 차별하지 않고 모두에게 똑같이 너그럽게 대우했다

3

우리는 농약과 화학비료를 사용하지 않습니다 직접 소를 키워서 나오는 똥과 거름을 균 배양해서 퇴비로 쓰고 우렁이를 넣어서 풀을 잡고 참개구리와 투구새우와 늑대

거미를 비롯한 수많은 우군들이 병충해를 제압합니다 우리가 알고, 우리를 아는 분들께 파는 쌀이기 때문에 고집 있는 쌀 드시고 건강해지십시오…… 이상 공동체 연리지에서 안내드렸습니다

정치의 계절

보기엔 그렇게 달콤한 막대사탕 같은지
골목 골목을 빱니다

미세한 체취가 흐르고
종일 전대를 찬 흔적들,
그런 것들이 진동하는 시장통 골목

아는 사람만 알 듯 모르는 사람인 듯
'이미 정해진 승리가 있다면 저의 탓입니다'라뇨

어쩌면 장돌뱅이가 알지 못하도록 잠금장치를 해놓은 듯
땅을 기는 네 박자 트럭에
먹은 마음을 싣고서
말단의 인간을 복원하는 역사가 되겠답니다

네거리마다 허공을 향해 배치기하는 현수막들은
남의 집 담장 너머 개 짓는 소리 들리시는지

시간밖에 모르는 것은 식탁만이 아니더군요
심야 선거사무실의
유급 선거운동원!

칼춤

갱물 한 소끔 칼날에다 흩뿌리고 숫돌 위아래로 칼날을 문지르네
무뎌진 칼끝에서 땟물이 찐덕이고
칼 들어 잠시 잠시 그 끝을 비긋이 노려보기도 했을 때
반짝반짝 빛 같은 것이 낮은 허공에 잠시 떴다가 사라지네

새로운 골목 첫 번째 집 첫 번째 딸에겐 화목의 책임이 있었네
기름기와 살생의 식탁에서 상실을 달래는 작심의 작두날에 이르기까지
스스악 마음을 갈며 비장하게 그 끝을 가늠해왔지만
버릴 수 없는 칼춤, 선악과가 자라는 맨 밑은
불화의 그늘에 던져진 하나의 입장이 되었네

저 천변에서 자라 다시 천변으로 돌아왔네
동아줄 같은 손목에 칼 긋지 않고
불화에 서린 평화와 속도의 포즈를 너머

눈을 들어 태양을 응시하듯 정오의 시간에
광장을 지나 더 정교한 광장으로 돌아왔네

대부분 사람들의 관심은 오직 '누가 이길 것인가?'라고
여겼지만
칼이 마음을 갈았을 땐,
하여 칼이 없는 것은 마음이 없는 것이라 여긴
그런 그럴듯한 이유 같은 건 이제 버리겠네

제
2
부

어머니의 신과 나의 신

남의 집 식사 초대로 나들이를 했다
영숙이를 만나 수박 한 덩이를 사 들고
많은 사람이 다녀간 문을 두드린다

거침없어진 마음, 어머니 같은 주인으로부터
엉겅퀴 수놓은 방석을 건네받으니
아무 관련도 없을 여기에 와서 문득
내 유년을 쥐고 때렸던
어머니의 꽃이 떠올라

나는 왜 몹시도 숨기고 싶었나
친구와 선배들이 살아온 입으로
어머니와 어머니의 신을 끌어들였지만
나는 어머닐 잃은,
한 다발 조화처럼
몸에 박힌 가시의 비명을 지른다

그리하여,

비밀의 용광로를 거치지 않고는
결코 살아오지 못했음을
애초에 어머니의 숭고함을 잃고
나의 힘으론 어머니를 섬길 수 없어
백발이 성성하고
눈발이 번뜩이는 거리의 신이 외친
외침의 도록을 훔치며 살았다

'여기 와서 보시오'
'이 독사의 자식들아'

오늘은 수요일 저녁,
한 점 두 점 고기를 굽던 주인과
몇몇 손님들이 두 손 모아 예배드릴 때
나는 십자가에 불 밝혀 댕댕거리는
신이 된 어머니들,
대가리에서 떨어지는 눈물을 보았다

증언

그 사람 말할 때마다 꽃은 피고 졌습니다
쿵쾅 쿵쾅 쿵쾅 쿵쾅

꽃이라면 얼마나 피었는지
시절이라면 얼마나 지났는지
기실 사람이라곤 떠나버린 그 자리
신마저 헐뜯던 만들어진 시간
추스를 수 없었던 말들의 뼈
으르렁거리던 저녁답 바람

그 사람이 말한 꽃들의 입 실컷 벌어졌을 때
기어이 터뜨리고 마는 서늘한 눈물
배 터질 것 같은 귀

오늘도 문짝을 열고
계단을 미끄러지듯 밟으며
점잖은 사철나무의 나뭇잎 같은
그 사람 만나러 갑니다만

그 사람 말할 때마다 꽃은 다시 피겠지요

영원히 아플

원죄의 속살처럼 꽃은 또 지겠지요

개화의 순서로 개화의 맹신으로

쿵쾅 쿵쾅 쿵쾅 쿵쾅

지혜의 골목

도시의 때가 몰린 곳
솟은 빌딩숲에 은폐되어 나름의 긍지를 키운 곳
녹슨 세균류가 담벼락에 이글거리고
아이들이 버린 담배꽁초 이리저리 밟힌다

사람이 골목을 지나면 유난히 살피며
벽을 타고 어두운 담을 훌쩍 넘어버리는,
그는 어느 날 천 원짜리 짜장면집 불빛에 정면으로 노
출되었다
까만 몸에 희고 큰 동공, 그 두 개로만 구성된 존재
내 몸을 삼켜 자세히 뜯어보고
한 번 더 살피는 그 기묘한 눈초리
고층빌딩들 사이 겨우 걸린 달을 식별해낼 수 있는 이
도시의 유일한 존재
그래서 그 눈은 달을 닮았다

다음 날 폐허의 대문 위에 웅크린 채 정면으로 마주쳤다
같은 고민에 빠진 상대일까 적대감을 뿜어낸다

이 시궁창에서
몸과 뇌의 연장인 눈만을 발달시킨
그 목적이 명확하고 단순한 존재
그런 류의 인간이 지나고 있다고 여긴 것일까

언젠가부터 이 도시 뒷골목
같은 목표를 지닌 존재
이 도시의 어딘가에 비밀의 문이 있고
주문을 읊조리면
진짜 달이 뜨고 세상이 바뀐다는 전설
그 전설에 꽂힌 생명체의 조우
그 적대가 섬뜩하다

지하철에서

한때 난 희망을
인간의 지배를 벗은
깨끗한 죽음 그 후로 읽었다

길을 나설 때마다 어딘가에서 툭 튀어나올
희망이란
새로운 희망이란
세상 가득한 절창切創
최후의 노예처럼 끝없이 기다리며
정월에도 오뉴월 개처럼 아니 지하철에서조차 침을 흘
린다

옆자리 여사는 눈을 내리깔고 있다
팔짱을 끼고 좌우를 두리번거리는 성냥개비 같은 얼굴
의 맞은편 사내
상의를 추스르며 不歸의 말을 내뱉는 남편을 외등처럼
올려다보는 저 젊은 만삭

그러나 사람을 바라보지 않는 사람들

창밖을 내다보지 않는 사람들

커튼을 치고 이불 속에 제왕처럼 누워

입 속 제 사탕 한 알 빨아먹듯

액정을 쩌억 쩍 긋는 사람들

달면 삼키듯 쓰면 뱉듯

지하인의 목 조르는 듯한 공명을 내며 열리고 닫힐 때마다

막차를 탄 기분이다

이런 사람들,

희망의 정신병자라 생각한

지하를 벗어나지 못한 난장이들은 불가능하게

매일 살아나

'새로운 희망 운운'을 붙인 채 개꼬리처럼 흔들거리며

출발을 거듭하는 지하철

꽁무니를 보내고

국가가 보낸,

다음 차가 오기를 기다린다

아름다움은 내 몫이 아니다

무간지옥을 벗어날 길이 없다

우리는 기계가 아니다 일주일에 한 번은 햇빛을! 제 몸
에 불을 놓아 여공들의 엄마가 되었던, 노동이라는 이름
의 갓난아기를 낳았던 전태일의 소지를 다시금 읽은들

내 몸에 불을 놓은들
국가와 자본, 동패도 달라지지 않는다

귀 기울이지 않는 사람들이 즐비한 술집마다 들어차
있다
분노한 자들처럼 술 퍼마시고 돈을 쓴다
다이어트 콜라를 마시며 자위의 트림을 해댄다
제 눈을 찔러 제 앞이 희뿌연 시장의 저녁들
힘을 모은다는 건 과학의 정언이지 마술 같은 기회가
아닐진데

더욱더 나누고 차이를 인정하고 상상하고 정주하지 않

겠다며 정주하는 주막

　그것마저 할 수 있는 사람들이 스스로 떼지어 사교에
젖는다

　피범벅 죽음을 옆에 두고도 습관과 일상이 계속되고
있다

　시위와 욕망의 밤낮을 가진 두 얼굴,

　오늘도 해방 세상을 향한 노동의 첫 마음이 진군하려
는지

　총파업의 쇠북 소리 이명처럼 울려 퍼진다

고장난 물

위에서 아래로 흐르는 물길도 속곳을 다 차려입고 흐른
다지요 활에서 튕겨나간 힘찬 화살도 마지막까지 과녁을
노려봅니다 아파트 천장에서 물이 새고 있는 것을 보자니
흐르는 저 아래가 아무래도 빤스끈을 놓쳤나봐요

허구한 날 새 날개에 매달린 편지처럼 이리저리 날아다
니던 내 시도 가령, 어떤 분노이거나 따뜻함이라 해도 괜
찮을 팽창이 네게로, 네 것은 내게로, 옆구리에서 시린 옆
구리로, 穴을 메웠다가 穴을 벌어지게도 하는, 나눠 먹는
삶, 지구통이 순배순배 뜨거워지는 이유 말입니다

일언도 없이 물이 새는 것을 보자니 요 말썽들을 나누
어야겠다고 나는 관리실 소장을 찾아갑니다 소장은 보일
러실 실장을 부릅니다 실장은 보일러실 보조를 부릅니다
말이 입구에서 옆구리로 갔다가 시린 아랫도리로 내려갑
니다 중심 잃은 구멍에선 물에다 빤스 입혀! 빤스 입혀!
라고 외치는데 말입니다

명함 유감

  프레스에 눌려 납작하게 엎드린, 숫자와 문자들로 구
워진 한 개인사는
  당신의 그 물갈퀴 같은 손바닥을 타고 내게로 건너오
기 전
  당신의 가죽비린내 지갑 속에서
  얼마나 흔들리고 터지고 싶었나요
  당신이 허공으로 내다 걸 깃발
  당신이라는 종이폭죽 말이에요

  햇살 아래 반짝, 비가 오나 눈이 오나 마찬가지였겠지만
  나와 당신의 교류는 순식간에 이번 한 번이거나
  조롱이거나, 서로에게 미쳐버리거나 할 수도 있을 텐데
  껌 씹는 문장들까지 나서서
  어떻게 그렇게 삽시간에 건너왔을라구요
  이런 생각, 당신의 그 찝찝한 착각 같은 종이인간 말이
에요

생각과 물음

— 구미 스타케미칼 해고자복직투쟁위원회가 주최한 문화제에서

오늘 10월문학회 송광근 시인과 차를 타고 오면서
이 차는 누가 만들었을까 생각했습니다
나는 오늘 경부고속도로 오면서
이 고속도로는 누가 만들었을까 생각했습니다
나는 굴뚝 광호님과 해복투 동지들을 바라보면서
이 굴뚝과 이 공장과 이 구미는
이 스타케미칼은 누가 만들었을까 생각합니다

그때 나는 무얼 했던가,
나는 어디에 서 있었던가 생각했습니다
집에서 20분 30분 한 시간 약 하루도 채 안 걸려
다 갈 수 있는 우리나라 곳곳인데
나는 이렇게 많은 시간과 길을 돌아
이곳에 이르렀네요

그렇지요
노동자를 좀 봐달라는 거지요
노동자의 이야기를 좀 들어달라는 거지요

그러면 되는 건가요?

인간 대접 받고 싶다는 것이죠
일하고 싶다는 것이죠
일터로 돌아가고 싶다는 겁니다
그러면 다 되는 거지요?

수많은 노동자들이 이렇게 말하고 있었지만
내 일이 아니었으므로
나는 비계급이므로
마음만 그저 굴뚝 같았습니다
스타케미칼 해고노동자 광호님이 굴뚝에 오를 때
하늘등대인 줄만 알았습니다
5월 29일부터였으니까 오늘이 200일째!
45m 높이의 공장 굴뚝 위에서 이렇게 말했더랬죠

그냥 내려갈 수 없습니다
공장에 나가 일하고 싶습니다

노동자가 살아야 세상이 달라질 수 있습니다
해복투 동지들과 함께
착취와 억압이 없는 누구나 평등한
눈물보다는 웃음이 있는 공장에서 일하고 싶습니다
노동해방, 인간해방의 세상으로 가고 싶습니다
살기 위해 굴뚝에 올랐습니다라고 말입니다

보세요 지금 세상은 죽어가고 있습니다
길 위에선 코마스크를 끼워야 합니다
이웃들은 가난을 비정규직을 덮어두려 합니다
헛바닥 내밀고 웃는 행인을 봅니다
공원 앞마당으로 줄 선 무료급식들의 행렬을 봅니다
자연으로부터 폭발음이 계속 들려오고
철근과 콘크리트로 뒤덮힌 고가송전탑들의 얽히고 설킴
빌딩의 모가지를 친친 감고 있는 자본이 모래비로 쏟아
지고
이상한 시위를 계속하는 대명천지 서북노인들의 나라
입니다

힘주어 줄 서는 경찰,

불현듯 나타나서 나 그대를 비선하노라 외치는

무한정 뻗어가는 저 어둠 속의 회의들을 봅니다

상상하기조차 힘든 건달처럼 구는 나라입니다

아아 푸른 하늘 푸른 노동 푸른 등대를 이제 더는 볼

수 없는 건가요

하얀 구름 비구름의 하늘가에 피어나는

굴뚝님의 눈물을

그치게 할 순 없는 건가요

해복투 풀잎 같은 동지들이 온 나라의 노동의 정의로

물결칠 순

정녕 없는 건가요

노동을 팔지 말고 나누어가지면 정말 안 되는가요

동성로

은빛 달밤이 아니더라도
탄식의 숨소리 모여드는 곳
동성로에 가면 널 만날 수 있지
누구나 어디서든
우리가 함께한 실패
동성로에 온다네

저 높은 하늘이라도 보이지 않고
사랑의 예감과 심증의 뽐냄이
구름도 없이 여왕처럼 떠도는 곳

헛바닥 내밀고 웃는 행인
내 것도 아닌 것들의 지천과 외침들
만질 수 없는 그런 것들의 활짝 핌
그러나 기어이 찾아드는 곳

그대여 우리는 여기에 왔었나
은빛 달밤이 아니더라도

하늘로부터 뻥 뚫린
여기에 그대여 왔었나

비가 오고 새가 울고 그리하여 매일매일
더디거나 너무나 빨리 그리하여 한 땀 한 땀
피에 댄 자국으로 명랑한 이별을 짓던
여기서 그대여
우리는
한 삽 한 삽 울음을 떴었나

방생

그들은 대절 버스에 올라 지평에 선을 그었어요

두 손 모아 울듯이 차창 밖 제단인 축 처진 바다를 끌어 당겨요

복사꽃 아래 그 아래
그들 중 오천 원짜리 활어를 삽니다
움켜쥔 생선 대가리에 시린 손을 비비며
일가족의 정표를 찍곤
바닷길 쩍 갈라 수평선에 닿으려 합니다

복사꽃 위로 그 위로
버스 손잡이를 잡고 빙빙 돌아들 갈 때
남겨진 바다는 차르륵 차르륵 장면을 지우고
선이란 선의 윤곽을 수장합니다

'묻지 마세요! 그물을 든 낚시꾼들이 버너를 켜자
'묻지 마세요, 묻지 마세요!'

몸부림치면서 끓어오르는 양 선상의 방생탕,

제 속들 채우려 수륙으로 일렁거립니다

영구* 2

—어린 광대

졸업식이 오기도 전 그는 바리깡으로 배코를 쳤다
챙모를 깊이 눌러 쓴 목소리는 들판의 소리개를 닮았다
코밑 첫수염에 거들먹거리다가도 쑥스러웠을 것이다
가을 옷 슬리퍼째 겨울 초입을 서성이는 아이,
야구공이거나 농구공이 매달려 있는 손, 애기단풍잎 같
이 피 오른 손,

살얼음 미소와 야생의 운동신경이 옆눈 옆구리를 파고
들었다
꾸짖어야 한다는 생각이 일수빚처럼 늘어갔다
수업 중인 문을 불쑥 열고 사탕이나 공소리를 밀어넣었
으니
창을 열어 그의 뒷모습을 따라갔었다
선생님은 점점 쓸모없어진다고 모자를 눌러 쓰며 어둠
속으로 사라질 때
뒤돌아서서 절해고도의 눈빛을 한번 반짝 쏘아 보냈다

노을 속으로 피시방으로 저 홀로 사라진 어린 광인

컴에서 눈으로 번지는 광채와 칼 소리가 그의 외로움 위
를 진드기처럼 기어다닌다
　숨소린 힘없이 팽창되어
　사방에 부딪혔다 퍼져나가지 못하는 아직 어린 종소리!
　어둔 불빛이 지루하게 쏟아지고
　종이짝처럼 납작한 아이! 곯은 배를 아는 둥,
　비밀투성이 세계의 벼랑인 듯
　그는 지금부터 길 잃은 천사다
　열쇠가 없는 짐승,
　우리에 갇힌

　영구임대아파트 구멍 속
　'십일 층 창에서 떨어져 자살하다'는 그의 소식이
　조간의 한 귀퉁이에 잡혔다
　똑같은 교복을 입은 어린 학생들이
　뿌리를 흔들리며 귀가하고 있던 바로 그 시간! 그 길 위!

* 영구임대주택의 약어.

신음

옆방에선 나이 든 남자일, 쉬어버린 목소리 핏물 배인 신음이
　환기통을 뚫고 곧바로 나의 병실까지 오는 동안,

　언젠가 날 뚫어보던
　남자 무당의 눈빛과 많이 닮은 숨소릴 내는
　신음소리 다른 두 남자의 詩集을 왔다갔다 하는 동안,

　이럴 때야말로 얼마간 신음 소리를 실컷 들어주고 손을
잡고 달래야 한다는 것이
　내 삶의 방식이다,에 골몰하는 동안

　크레졸 냄새를 잔뜩 묻힌 밀걸레를 든 청소부가 탱크처
럼 문을 밀고 들어오자
　배춧잎처럼 절여지던 신음, 무엇일까, 그 뒤창으로
　훨훨 불붙은 마른풀 같은 까치가 까악깍거리고
　내 病을 물리치려 오신 아버지의 성경책 같은 발자국!

오, 벼랑 끝 운운한 어젯밤 시를 이제 북북 찢어야겠다

밥줄

문 밖의 계단이 동동동
깨지 않은 이들의 잠꼬대 앞에
한겨울 새벽 네 시의 밥줄을 잇고 간다

버젓한 가문이었으나 혼인한 지 십년 만에
제 사는 아파트 구멍구멍 우유 배달하는 무명씨의
삶의 자식들과 세상의 불화를 어째요
작은새처럼 파닥거리며
밥줄이 창피한 듯 새벽을 탄다

버릴 수도 없는 부끄럼이 내게도 쌓여 가고
삶은 기다림의 계속이겠지만
쳇바퀴처럼 동동 다녀가는
무명씨의 새벽 네 시는 어김없으니

쌀 안치고 세수하는,
빨간 눈 마음 귀에 새벽달 뜨면
금방 배달된 우유의 뿌옇고 찬 빛깔이

내 몸 구석구석으로 퍼진다

구석구석으로 퍼뜨리는 한 방법으로
잘못을 저지른 연인처럼 나는 시를 쓴다
나의 시는 아직 무명씨의 쳇바퀴를
이름처럼 삶도 그러하리라는
적당히 구체적일 뿐인 '밥줄'이라 쓴다

죽음의 엘레지*

'남편이 죽을 것 같아요'
젊은 여자가
전화기에다 소리쳤다
어제 만난 사람이 죽을 것 같다니,
만날 때마다 이런 노랠 부르다니

—바람 부는 저 들길 끝에는 삼포로 가는 길 있겠지 굽
이굽이 산길 걷다 보면 한 발 두 발 한숨만 나오네 아아
뜬구름 하나 삼포로 가거든 정든 님 소식 좀 전해주렴 나
도 따라 삼포로 간다고 사랑도 이젠 소용 없네 삼포로
나는 가야지**

언제랄 것도 없는 장례가 있었다
죽은 자의 영혼이 영정 속에서 직시하므로
주저주저 절 드렸다
죽은 자 앞에서 한 번은 밤새 울어야 했다
대기실에 앉아 유골 대기자 명단을 보면서
화장 중이니 대기하라는 안내방송을 들었다

'배당보다 보험입니다
보험의 보장은 대물림됩니다
캐딜락으로 죽음을 모십니다
저승길이 보람된 길이 됩니다'

늙은 교회처럼 울어대는
십일조의 노래를 걸으며
여자가 남겨진 딸과
남자의 오만했던 순정을 넘어
남자의 중심을 뜨겁게 지나
답 없는 메아리 속을 헤매인 듯한 유골을 들고
무덤덤하게 걸어나온다

그렇게 큰 사람이 조그만 상자 속에 들어가다니!

'안심하세요, 이제 안심하세요'
요람에서 무덤까지 선듯선듯 한꺼번에 그를 묻는,

그의 열병을 묻는 여자의 발소리!
죽기 전의 살았던 일 떠올리지 않으려
제 발등을 찧는 생울음이
지상의 나무 아래 몸서리쳤다

* 빈센트 밀레이의 시집 제목.
** 고 이기동 씨가 즐겨 부르던 노래 〈삼포로 가는 길〉.

제
3
부

세속 도시의 즐거움!

상복 허리춤에 전대를 차고 곡^哭하던 여인은 늦은 밤 손
익을 계산해본다 시체냉동실은 고요하기만 하고 누워 있
는 알거지의 시체는 세속 도시에게 전한다; 끌어 모은 모
든 것들과 큰 도적들에게 큰 즐거움 있으라!

꽃밭

누구나 일시적으로 관료가 되며 언제까지나 관료가 될
수 없는, 꽃
　피고 지는

오 천지에 가득 찬 꼬뮌,

붉은 신호등

사후에도
그 존재가 확실한 용도의
돼지나 소 막창 같이 질긴
저 붉은 신호등의 붉음 앞에서
멈추고 멈추어온 나는 지금도 멈춘다

저 붉은 신호등의 붉은색은 다만
나를 잠깐 멈추게 하는 가식인가

내가 진짜 멈추는 이유는
신호등의 저 붉은색이
질서를 아름답게 만든다는 환상 때문인가

마음의 자유

여기 내 꿈 속에 마음이 있다
이어질듯 끊어질 듯한 것이 속마음인데
보이지는 않고
어디에 있는지도 모를 모기처럼
날아다닌다

개 두 마리가 죽을 때도 있다
흉몽이거나 길몽이거나
선지자처럼 붉은 칼을 들어
싫어하는 개가 죽었으니
걱정거리 사라짐을 선언하기도 한다

어젠 황촉불 빛이 나를 이끌었다
끊어질듯 이어지려는 불구멍
새해 아침 같은
마음의 자유
그 길가에 앉아 무릎에 엎드려
초승달처럼 미아의 잠을 잤다

결정

심심산골의 도공께서 배 나온 몸을 물거울로 뽀득뽀득
밀어 넣은 후 명상의 나무를 찍고 찍으며 일곱 개의 가마
에 불을 넣는다

'저의 할 일 중 큰 게 한 가지 남았습니다.'

이제 불길은 시장 경매꾼처럼 미쳐 날뛸 것이고 항아리
들은 그들 식으로 말하자면 몸속으로 눈이 내릴 것입니
다 그는 다만, 미친 賣買를 잠재우려 몸의 생애를 소멸해
버린 항아리들의 눈덩이 된 업을 살펴 億劫에 두어야 할
것과 망각의 묘지행을 결정해야만 합니다

공방空房

전언해야 할 그 무엇의 주파수가 칭얼거린다

소식 다 끊길 듯 비마저 셔터를 내린다

자신의 방에 유유히 살고 있는 현재의 장롱처럼

그리하여 불심에 울먹이는 솥뚜껑처럼

처음 우려낸 국물 다 짜 먹고 내일치 물 받아 재탕이다

살짐과 내장, 뼈와 껍질 서로 분리되어 불길 속으로 설설 뒷걸음질 치고

줄인 불에 공방空房은 사려 깊게 운다

국물이 말갛게 될 때까지

세속 자유에의 권유씨

눈이 오네요
눈이 오니까요
눈이 많이 오는군요
눈 오는데 잘 계시나요
눈 오는데 한번 만날까요로 시작된
세속도시에의 권유氏
여기 내 진지한 거절을 들어보아요

눈물이 날 뻔했었죠
전화를 끊을 수 없었죠
窓살 없는 말,

그 말의 아름다움
말의 아픔
그런 말의 필요 없음
말의 죽음 위로 기꺼이 눈이 내려요, 첫눈이네요

하늘의 절벽에서나마 氏를 찌르고

인연을 마감하고자 하는

순백하고 순백하기 짝이 없고

거대하고 거대하기 짝이 없는 무덤이고자 해요

시골풍

시골 다방 이름이란 게 참 버젓합니다

어린 단풍 김양은 새로 도배한 시골집처럼 구멍째 반복되는 꽃밭입니다

'국경 없는 사랑', '북한 처녀와 결혼합시다'라는 신종 지자체는 아시아의 여자들께 새마을운동을 팝니다

저기, 가래 끓는 소릴 내면서 경운기 한 대, 여기 작은 트럭과 무릎이 휘어진 노인네 한 분이 '영양 보신탕 전문' 가든 앞을 미래에 남겨질 화석처럼 밑빠지게 지나갑니다

모텔을 숨겨놓은 시골풍 뒷숲은 버젓이 밑거래를 합니다

밤안개

1

희고 부드러운 시트를 턱밑까지 덮어쓴 시월의 밤 들판
나무와 전봇대는 흰 가운을 걸친 채 밤새 임종을 지키
려 한다
가운의 주머니에서 신경안정제 주삿바늘을 꺼낸다
내일은 나락 베는 날
느낌이 무딘 도회는 알 수 없는 표정으로 잠자리에 들고
日誌를 적는 외등만
조등을 걸고 穀神의 깊은 처방전을 해독한다

2

조밭 속에서 그 소리를 엿듣는
팔이 부러진 허수아비는
여기서는 오직 한 사람의 시인이외다*

* 김기림의 시에서.

감나무 弔詩

창밖으로 늘어진 감 홍시 한 개
껍질과 뼈마디가 老獪한 감나무 끝까지 손아귀에 쥐고
있었고
나는 그걸 받으려 창을 열어두고 잠이 들었네
그러나 11월이 오고 달도 없는 밤이라

귓바퀴에 둥지 튼 새와 살얼음 낀 장독의 화한 이끼 냄
새와 각기 다른 새끼를 품고 있는 고양이 눈빛이 감 홍시
아래에서 첫눈처럼 쌓여가던 밤이라

다만 그리움 지옥에 사는 유정한 실향민처럼,

지난겨울의 무관심과 봄 햇살의 낯간지러움과 여름밤
하루살이의 슬픈 악착 가을의 짙푸른 이끼와 늙은 귀뚜리
속울음 맺힌 살이 그만 폭삭! 마당 네 귀퉁일 떠멘 안개
상여에 안치되었네

겨울 지나 개장수 주말마다 다녀가겠지 털털털털 경운

기 소리 밤마다 좌충우돌 개짓는 소리 빠꿈빠꿈 개구리
울음 소리 젖 뗀 송아지 어미 붙들고 지축지축 우는 소리
와 다시 한 해를 살겠다는 할머니 감나무의 弔詩는 간결
했다네

감길

감꽃,
무주공산 첫 달거리 같은,

마을 어느 골방에선 비릿한 선잠 처녀혈 비친 것처럼
익지도 않은 떫은 감이 떨어졌어요

개구리 울음 강 따라 자글자글 끓던 꿈이었나 싶은데
들릴락 말락 시냇물 소리 고양이 소린 아니었나 싶은데
그야말로 감길로 떨어지며 아무 날개 달지도 않았어요

나에게 무슨무슨 운문韻文을 서성이는 논리 같은 거 하
나 끼어들지 않았을 무렵,
마을 끝 주막집 애늙은 딸의
각기 다른 입술 모양으로 넘어가던 이미자 노래들이 신
기할 무렵 그 무렵의,

깨꽃 같은 젖송이 제일 밑서랍의, 무명 속옷 젖는 소리
풋 내는,

그 소리길로 가뭇 들려 갈 때가 있어요

그는

그는,

하늘에 걸린 창을 열고 산허리 무너진 용두방천 제방
난간 따라

마른 먼지 펄렁이는 잿빛 속을 하얀 이 드러내며 강아
지풀 끝을 잘잘 건드리며 걸어서 가고 있다 말라빠진 방
천 가로지르는 미끈거리는 낡은 돌다리 디디며 희미한 시
야를 더듬어 제 사는 집 물끄러미 바라보다가 도심에 홀
연히 피어난 오오 들쑥처럼 허허 허무하지 않는 웃음을 띤
채 구두 끝 뽀얗게 걸어가고 있다

물빛 같은 그는, 물의 여린 가슴 같은 그는, 단지 흐르
는 길로만 흐르려는 그는, 진정 외로운 이

촛불

목을 건 붉은 말씀
한마디도 뱉지 않고 속을 태운다
겉으로 겉으로 친절하지만
속으로 속으로 울고 있는
이것이 그대와 나의 운명이라면
할 말이 없다
다만
소멸해가는 도중에
우리 사이에 어떤 시비가 있어
일순 비칠거리는 의심이 일거든
내 젖가슴 사이 불붓을 보아라

소상히 밝히려
각별히,
함께,
쓴,
공산화첩共產火帖을 보아라

시월

감나무의 선량한 잎맥을 따라 초록실 끝에서 '노올자'
는 신호음
문이 아닌 담 너머로 社會가 불렀다
담쟁이 넝쿨손으로 쉿! 구불구불한 사정을 가리고
붉은 시월의 노을을 따라 삼랑진의 강가로 불려 가는
데 歷史가 말했다
'끝나지 않은 시월이 있어'
노을이 구름장으로 쏙 들어간 자리에 나는 앉고 시월
은 회색분자 같다고 말한다
경전선 기차가 이따금 새로 포장한 철로 속으로 들어
가 후줄근해져 社會로 나간다
준설용 크레인이 강 둔토에 이빨을 꽂는다라고 말한다
산비둘기 구우국 구욱국 끝금을 긋고
장닭과 떼찔레가 복숭아밭까지 크게 한 울타리를 치는
놀면서 땅따먹기
회 한 접시를 놓고 수몰 위기의 땅을 구하려 강의 역설
은 지치지도 않는다
마루 한켠에 널린 무말랭이 그물그물하니 친 대발을 뚫

고 집으로 호명하는 소리

　노을 속 까만 새 떼처럼 손톱에 박힐 즈음

　사람이 먹기 시작했던 땅에 박은 말뚝은 똥무더기처럼
쓸모없어지고

　저녁 내내 얼굴에서 젖가슴까지 나는 빨개졌다

오독

책 속 금싸라기,
천재의 언어를 훔치다
형통한 그 기표를
나의 방식으로

가끔 그가 울고 갈 오독도
오독이 정독일 수 있음에
수십 가닥의 신경줄을 끌어당긴다
공명채로 맑은 머리를 흔든다

그러면 눈이 움찔, 뼈 속이 자지러져
넓고 숭고한 하늘과 경계가 연약해지고
다만, 예리하게 확장된 눈만
허공에 밝은 돌처럼 빛난다

내 몸 다른 부분은 겨우 머리 받침대 역할로,
두 발로 땅을 완벽하게 딛고
무게 없는 단단한 무게를 버틴 채

입술을 스치는

신음을 견딘다

가을

생산이 끝나자 전신줄이 불불댄다
추수를 달래던 바람이
고랑고랑을 샅샅이 훑는다

못 다 운 제 火를 삭히며
정녕 오늘이 마지막 날인 것처럼 탱탱 부은 폭발음이
삽시간 삶의 터널을 통과하는가 싶게
달 아래 쪼그려 앉아 제 骨을 아궁이에 디민다

봄날 오후

마트에 가니 정육들은 얼어 있다 봄날 오후였다 필리리
봄내 봄꽃 지고 있는데 정육을 고른다 필리리
존재를 아는데 필요한 것을 주세요, 살아온 흉터를 주
세요
어떻게 어떤 살육이었을지 알 수 없는 것은 싫어요
얼음 강보의 살코기들은 표정이 없네요 봄날 오후였다

필리리 나는 한 봉지 살코기를 들고 꽃화살 오만상 맞
으며 집으로 돌아가는 길
푸른 도장 멍 때린 얼음짐승을 흔들며 벌써 떨어진 봄
꽃을 밟으며
필리리 집으로 돌아가는 길

알려지지 않은 이야기

그녀가 의식을 잃어버리면
그녀는 생에 처음으로 큰 식탁이 되겠습니다
그녀를 지지한 사람들의 걱정이 차려진
생애 첫 식탁이 되겠습니다

그녀가 좋아하는 권력들처럼 살아준
그녀가 좋아하는 명예들처럼 살아준
그녀가 좋아하는 명령들처럼 살아준
그녀가 좋아하는 기적들처럼 살아준
지지 구성원이
오랜만에 그녀를 눕혀놓고 밥을 먹겠습니다

오래 오래 씹겠습니다
그녀의 의식이 돌아 올 때까지
그 동안 흘린 눈물과 콧물
그 동안 닳아진 손톱 발톱을 들어
갖가지 감사의 맛을 자유롭게 뜯겠습니다

그녀의 밑에서 살아주지 않은 나는

그녀의 위에서 그녀를 먹지 않겠습니다

그녀의 위에서 그녀를 먹진 않겠습니다

제
4
부

군무

1

달과 별이 지켜보는 밤에
꽃잎 넉 장 활짝 피고

특수한 문자들의 기계음
강 숲이 내뿜는 최고 데시벨의 함성
교미를 열망하는 풀벌레의 울음소리

오늘 이 강가에는
꽃의 열광이 가득하다

2

강가 숲길을 걸으며
맑은 바람이 스치고
나의 뇌수가 출렁거릴 때

번뜩
내가 꽃임을 깨닫는다
아 슬프다!

하나이며, 둘이 아닌
전체와 개체 사이
그 간극의
연민이여……

3

일시적으로나마
나의 연민은 충만하고
연민은 나의 속성이 되도다

모든 하늘과 생명이 군무를 추고
강의 물고기가 하늘을 날고
꽃비가 사흘 밤낮을 내리도다

대가리 4

비 내리는 월요일
봄 목도리를 둘둘 감으며
대가리 팔러 나간다

반 대가리 한 대가리로 호명된
시장국가에서
참 다양하게 불리는 내 대가리

계급도 없는 사람 게다가 쁘띠
백수는 말할 것도 없고
룸펜 아니 실패자
아니 운동가 시인 등으로
시간당 5580원
오늘도 방천시장 카페 플로체로 간다

아는 시인 선생님이 오셔서
커피값을 받지 않는다
아는 화백님이 오셔서

커피값을 받지 않는다
아는 후배님이 오서서
커피값을 받지 못했다
이준희 안드레아가 와서
커피값을 받지 못했다

그림자에 불과했던 대가릴 흔들며
까맣고 무거운, 슬프고 뜨거운 연탄처럼
털썩 주저앉아
죽을 때 가장 펄펄 살아 있는 생선같이
가장 비싼 값으로 손님을 기다리다
거대한 숫자의 땅으로 뚝 떨어진
오후 무렵 골목길,
시장의 구경거리처럼 나는
오늘도 소외된 몸의 마음을 가눈 채
집으로 돌아간다

〈자기 자신의 가죽을 시장에서 팔아버렸으므로 이제는

무두질만 기다리는 사람처럼 겁에 질려 주춤주춤 걸어
가고 있다〉*

　　한 대가리 하고
　　한 잔의 술을 비웠으니
　　남의 집 숨어들 듯
　　골목을 돌아 삶의 대가리를 눕히면
　　살 속을 파고드는 달빛
　　천리에 있는 그대

* 『자본론』 1권, 제2편 6장에서 인용.

종로에서

　거미줄처럼 얽힌 종로의 뒷골목, 밑도 끝도 없는 간판을 줄줄이 끌고 살아낸 공원의 앞뜰에 백일홍 짙은 꽃잎이 선득선득하다 이 길과 저 길, 갈림길 생각과 애끓음이 교차하고 그런 만큼 살아 있음을 느낀다

　원래의 곳으로 향한 눈길은 서럽다 건전지 인형처럼 복고풍 내레이션이 스피커에서 울려 퍼진다 백년 전 이 거리는 흘러 어디로 닿았는지 허위 장진홍 이육사 정칠성…… 위리안치된 근대의 벙어리 입에선 진자리 보시라 보시라 한다

　일성으로 짠 역사의 관을 지나긴 도시의 아득한 간극 사이로 오래된 녹양 카네기 홀 성인 카바레를 밝히는 네온이 콩 볶듯 더욱 터진다 처서 밑에 어정대던 제비아저씨 대가리 벗겨진 채 지루박이나 추러 가고 종일 배부르게 주워 먹던 새들은 이리저리 여러 번 똥을 싼다

대가리 5
—층간 소음

위층 사내가 오줌을 눈다
소리에 깬 나는 이제 화도 나지 않는다
어젯밤에는 심지어 한 시간 가량 침대를 들썩였다

밉기도 짜릿하기도 한
좀 더 같이 있고 싶은 부부 혹은 연인은
내 생활의 동심원에서 뛰어노는 한 쌍 영양 같기도 하고
나도 저랬을 순간에 나에 대한 저의 생각을 더듬으면
우리는 피차 한 배를 타고 끌려가는
국가가 돌리는 회전목마

아 내일 새벽에도 옆집 대가리의 오줌 소리와
사랑의 과시를 들어야 한다
윗집 대가리의 침대 소리도 들어야 한다
아 들어야 한다,
여기에 대가릴 들이밀었으니
일당과 일상을 소비하는
20층 430세대 2120여 명 이웃들이여

이렇게 살고 싶은가
외치고 싶기도 하다 ―

한 남자랑 같이 사는 것도 힘든데
위층 아래층 남자와도 같이 살아야 하다니
아래위 맞물려 돌아가는 기호와 조작들
이 층간소음이 날로 번창해서
나는 외간남자와 사랑을 나누는 듯한 착각에 빠지기도
한다

나는 남의 대가리를 싫어할 뿐더러
자신의 아름다움에 사로잡혀 있는 내 남자를 좋아해서
현실은 푸른 나무인데 잿빛이론*을 가진 남자를 좋아해서
꿈으로 임신한 아이를 제 아이로 여기는 남자를 좋아해서
나의 층 회전목마에서 이렇듯 고립된 나는
내리고 싶으나 어디서 내려야 할까

* 레닌이 괴테의 『파우스트』에서 인용한 말을 변용.

별자리

아기에게 젖 물리는 문희 씨를 창 너머로 작별하며
돌아가는 길
별과 같은 한 아기가 나를 잡아당겨
더 궁금한 걸 찾으려 큰 길로 나섰던
어린 방천을 지난다
골목 골목을 잇는 복개천 복토를 밟으며

세상에나 수면제를 먹게 했던 옛 친구 집 앞을 지나네
첫사랑 따라다니던 망가진 밤 시장 네온의 모래비를 맞
으며
날 두고 동생만 업고 가려 한
내 젊은 어머니와 마주치던 언덕길을
내가 아닌 듯 땅에 발이 닿지 않는 듯 뒤뚱거린다

멀리 갔었는데
소리 소문도 없이 불가능하게 멀리 가고 있었는데
숨거나 거들먹거리며
안간힘을 다하여 다른 생을 밀고 밀었는데

지금의 나는 사람도 배도 아닌 채 자정을 흐르고 있다

담장 너머 들려오는 아기의 울음은 별처럼 힘이 세고
세상은 자전하면서 공전하는 법을 만들어 놓았구나
잡혀 돌아온 노예처럼 나는 몸부림치면서
인터내셔널하게 빛나는 별자릴 바라보며
혼돈을 다하여 불가능하게 오늘을 넘고 있다

밤늦게 헤어진 너는 집에 잘 들어갔겠지

향기도 없는 히말라야시다 잎이 애물로 자리한 도시,
가로수 끝에 매달린 뜬구름 같은 소문을 따라가면 제 혀
를 맘껏 늘인 구호가 혈통 오래된 땅 밑, 너무 깊게 뻗어버
린 어두운 줄을 간신히 끊어 들어 올릴 기셉니다

동장군이 휘몰아치는 거리에 서서 사랑하고 존경하는
당원 여러분을 만나고 기다리며 '보세요 우리가 남입니
까!' 온갖 풍을 떨며 자신의 구호에 박차를 가할 땐 우리
의 소원이 뭔지 잃어버렸습니다

2012년 겨울이었습니다
고향이 미우니까 엄마도 미운 기억처럼 눈발은 날리고
각자는 각자의 생각 안과 밖을 넘나들며
만원씩 제 밥값을 내며 따스한 용서처럼 부벼대며
밤늦게까지 앉아 서로의 약속을 주고 받았습니다

일찍 자고 일찍 일어나 부지런히 살아야 할
천 개의 얼굴을 가진 거리 만 개의 희망인 척하던

우리의 정부 같은 다가올 정부를 위해 안녕! 하며
끝끝내 돌아올 듯 어둔 골목을 돌아 사라졌습니다

밤늦게 헤어진 너는 집에 잘 들어갔겠지?

서기

하느님,
쟁반 밑바닥 하얀 재 수북한 초승을 열어보세요

날이면 날마다 경조사와 희로애락 줄어
씨 마르는 소리 찬 살갗으로 에도는 쭈그렁 호박 같은
집들 지나?
문전옥답이었을 빈 들 끝 무렵
푸른빛 교회당 양쪽의 십자가 두 개는
내세와 외계의 입맞춤 주홍 글씨로 떨고 있어요

휠체어 하나와 경운기 두 대 할머니뻘 두 분
어스름 달빛 농로를 따라 새의 깃털처럼 방문한 수요일
저녁,
어김없이 하느님 말씀을 차리는 풍금 소리
저녁 설거지 같은 촌로의 기도 소리는
새가 장차 죽으려 할 때 그 우는 소리처럼
사람이 장차 죽으려 할 때 그 말처럼*
슬프고 착합니다.

고개 숙여 밥 떠 넣듯 하늘 아래 상 차린 저녁들,
　겨울 나무 눈꺼풀, 까마귀의 알, 어디선가 번득였을 무
당의 칼 끝,
　타닥타닥 타들어가는 아궁이 같은 식솔,
　그것은 두두물물이겠지만

　흰빛 싸늘한 밤 들판 농로를 따라 걸으며
　목도리 속에 파묻혀 딸국질하는 저는
　누군가는 읽고, 누군가는 영영 읽을 수 있게**
　영락없이 소복 입은 서기書記가 될래요

* 『논어』에서.
** 고영민 시 「저녁에 이야기하는 것들」의 시구를 변용.

지평선에서의 하룻밤

들은 텅 비었으나 경운기 소리로 꽉 차 있었다
냇물은 불었으나 갈 길을 막는 것은 아니었다
오히려 내가 나를 붙드는 것일까 이런 생각뿐이었을 때

들판에 꽉 찬 신기루가 말했다

나는 사람들보다 소리가 더 가까운, 외딴 풀밭이다
설계 없는 집, 비닐하우스다
개울이 커튼처럼 흘러내리는 농로다
이제나 저제나 기다리던 배역이다
제목은 '철새공화국'이다

나는 물 아래 소리와 물 위 소리 사이에 누워 있다
나는 저 모든 지상의 것들을 위한 희생자다
뼈처럼 산처럼 쌓여 있는 길고 예리한 뿌리들이다
나는 땅 밑에서 올라와 땅 위를 미친 듯 돌며
깊고 뜨거운 그 많은 길을 견뎌온,
늙은 왕자의 달을 잉태하였다

어쩌랴 어쩌랴

내일 아침이면 그 실루엣의 배가 지평선 위로 불룩 솟아
오를 것이다

우리가 태어나기 전부터 시작하여 우리가 죽고 난 다음
에도 생산일 것이다

생산이 끝난 벌판에 바람이 일 듯

말 없는 신

인부들이 사다리에 올라 꼭대기에 섰다
이미 제 구름을 잃은 바위와
볕 마른 나무에
태무심 전깃줄이 감긴다

개량된 전구가 번쩍거리고
고압의 종교가 십자가에 오른다
음, 벌써 12월이군,
크리스마스가 얼마나 남았지?
나처럼 사람들도
나무와 돌
인부와 사다리를 올려다본다

유구하면서 현현하여
움푹 베어 물린 살점을 붙들고 우는 달처럼
말 없는 신을 본다

이 땅에 누가 시켜 내 몸에 이렇듯 고압적이냐는 말도

없이
　　사람의 손 구세군을 빌려 냄비 뚜껑을 열고 종을 치며
　　일 년 삼백예순닷새를 꼬박
　　예수천당 불신지옥을 외칠 것임도 이젠 빤히 알고 진저
리치겠지만

　　화이트 크리스마스를 맞이하고픈 백화점
　　구름장 응시가 시작되기도 하는 것이다

다시 갑신년 액씨*

　지그시 땅에 붙은 채 흙숨을 쉬며 채소를 파는 액씨, 콩을 판다 율무를 판다 달래를 판다 가죽나물을 판다 상추를 판다 잔파를 다듬는다 아래가 새파란 무, 얼갈이 배추 시금치와 아주까리가 소쿠리마다 불룩불룩 솟았다 이 모두 땅을 뚫고 나온 혁명들,

　들었다 놓았다 만졌다 흔들었다 비비적거리는 역전 손님은 넌지시 다가와

　이건 조선콩이네 이건 2월 밭달래 이건 3월 밭얼갈이 이건 4월 돌미나리 이건 5월 가죽나무 이건 6월 잔파 이건 7월 무우청 이건 8월 아주까리…… 남쪽의 달력을 이엄이엄 넘기자 쭈구렁 양젖이 유독 출렁이던 액씨의 눈이 젖었다

　일감도 찾는 이도 없어 꼬등꼬등 얼어붙은 액씨의 몸이 60년 묵은 햇살에 잠깐 마음 그렁하였고 슬프고 이지러진 석양에 비추어 사뭇 각시 모양을 낸 액씨, '열심히 살았

118

다 아낌없이 주었으면 그만이지 그만이다' 액씨의 탄식은
혈혈단신의 고단함에 취해 나물 판 지전과 우렁각시처럼
남은 나물봇짐에서 기차삯으로 육백 원 떼어놓고는 다시
서지도 않을 혀짤박이 소릴 내는 통일호 기차를 첫사랑처
럼 끌어들였다

* 애기씨의 사투리.

近代

긴긴 호수에 장좌불와한 산과 산지기 영감, 허리 아래
가 없다 너머 그 너머를 홀연한 허리로 이어주는 들길은
시작도 끝도 없는 유곽,

딱정벌레 같은 마을버스에서 내리는 수수밥뭉치처럼
음랭한 노인 한 분 빈 유곽을 이리저리 뜯어보신다

어떤 큰 나무는 몇 둥지나 되는 까치집을 버릴 계집 창
처럼 매달고
병든 벙어리 냉가슴 들길은
철새 똥 세례 퍼부운 죽은 장작들 데리고 절룩거리며 사
라져
사람 똥 쌓이는 집 한 채 노로老爐에 닿으니
전향서처럼 흰 불꽃에 맺히는 한 점 눈보라

법의 가호가 있기를!

구름이 조각조각 떠도는 길의 난간이었습니다 몸뚱이 같은 트럭 한 대, 길다방의 손수레, 같은 형편인 듯 나란 히 붙어 있습니다 '파인 곳 쫙 펴드립니다' 몸뚱이 하나氏의 몸뚱이에 헌정시인 듯 걸렸습니다 트렁크엔 열렬한 연장이 한가득입니다 보세요, 저는 손님, 몸뚱이 하나氏와 흥정의 창유리 끼끼적거립니다 氏는 자신의 트럭을 열어 자유의 연장을 고릅니다 만 핌이나 쌓인 빚같이 단호하게 찌그러진 내 철제문 부위를 나간 넋 부르는 소리 훨훨 훨 빨아들이자 찌그러진 문양에 필요한 만큼 속이 금세 차올라 이 난간 이름 없는 꽃으로 벙글어졌습니다

파인 몸뚱이 속이야 보이지 않고 보이지 않으려 구름 몇 조각 띄운 '길 커피'로 서로 얼버무리고 등을 보이며 금세 나눠 집니다

그 무렵,

1

흙의 수염인 앞마당 풀밭을 야금야금 가로질렀겠다
그 옛날 소꼬랑지 벽을 문지르던 자리쯤 서서 팔짱을 끼
자마자 눈높이의 석양이 유월 강물 속으로 한순간에 꼴
까닥!

누군가 심은 채송화와 매발톱 흰 쪽문 아래의 애기똥
풀 그리고 나는 그 자리에 얼어붙었다 석양이 우리와는
확연히 다른 존재라는 것은 바로 이때부터다 옅은 술 냄
새에 빈혈기마저 화악 끼치던 석양은 온몸이 한 개의 등
신불인 그것이 퉁퉁 붓더니 말세다 강가로 데려갔으니

꽃같이 죽은 아이 감꽃처럼
꽃 맺지 못할 송화처럼 분하고 부운 젖,

유월이 자리해 유감없이 낮은 강은 석양을 따라
살아생전 끝낼 수 없는 장편, '소신공양'이 되었다

토란의 넓은 귀에 고인 이슬조차 생사의 눈물 구구절
절하였다

2

그 강에 가면
언어가 가난해지고 반대가 자유이다
기다리지 않고
기다리지 않아도
한 개도 없는 전화번호에
도시가 필요없다

너는 한 개의 강으로 누워
우리는 네 곁에서 무당꽃처럼 잠들고
준비한 한 필의 무명천 같은 손길로
일상에 대한 예의를 갖추고
한 접시의 박나물처럼 남기지 않을
짧은 순간을 오래 대접하는 너는

바로 하나의 희귀한 미련이며
하나의 속속한 정

이 무렵, 온 나라는 강을 앓고 배추잎 쩐 세는 소리 끊
이지 않았다

호밀밭의 파수꾼*

어떤 江머리던지 고집 센 뿔이 달렸을 겁니다

누군가 당신의 시원을 찾아 나섰나요라고 묻지 않아도
말입니다

흙이 배불러 낳은 망자의 젖이 칠백 리 낙동강까지 닿
는다는

손 타지 않은 향긋한 목숨들의 지천 청옥산 하고도 백
천계곡입니다

빈집과 절터를 끼고 눌러 앉은 나무꾼과 선녀의 늙은
구멍집** 지붕 위로

가없이 펼쳐진 바람밭 호밀밭은

저 저녁산 같고 모닥불 같아 버릴 수도 없는 그들만의
푸르른 장롱이었습니다

그 푸른 장롱을 화들짝 열어제치면

노부부가 호밀을 벱니다

세상의 미래가 과거지사의 젖을 빨며 그 경계에서 처녀
의 강물 소리를 내는 곳

운명과 필연이 내린 매일 깊어지는 구멍집의
보이지 않는 슬픔 저 달처럼 걸어놓은 부부의 절뚝이는
가슴앓이
호밀밭은 그런 소리를 내었습니다

호밀,
오랑캐밀,
사람은 먹지 않고 자근자근 썰어 된장 넣고 데워 소먹
이 삼는다는 그 밀,
밀밭의 빈자리
아들 딸 하나 둘 떠난 자리
그 자리에서 자라는 부부라는 파수꾼
속으로 속으로 울지만 겉으로 겉으로 친절한
시간이 만들어낸 가족의 바람막이밭
그런 호밀밭입니다

* 제롬 데이비드 샐린저의 소설.

** 백천계곡 자락에 위치한 강영준씨 댁을 그 동네에선 참풀울타리집, 까치구멍집이
라 부른다.

야단법석

앞 꽁무니의 불빛 따라 깡으로 흘러가넌 새벽의 고속
도로에 바퀴보살 편파적으로 헛돌았습니다
　질주하던 생업 절해고도의 살냄새 한도를 넘어섰습
니다

　친절한 이정표 씨를 찬찬히 훑으며 오르막을 빗처럼 끊
어가던 길
　애인의 집으로 향하는 분기점을 지나고 사랑도 가고
세월도 가는 것처럼 하이패스를 통과할 때
　자동이체된 세금처럼 달 한번 쳐다본 게 고작이었어요

　차마 삶이라는 이정표도 없는 붉은 피의 카펫
　조악한 경주에 걸려든 죽음의 飛階
　토끼마냥 깐죽대는 몇 대의 승용차들이 그 틈새를 잽
싸게 벌리며 스쳐 갈 때

　밤 고속도로 가로부터 산발한 젖은 은하수 건너가는
이 누구입니까

트럭의 눈꺼풀은 스르르 스르르 내려가고 부처님 손바닥이 백미러에 걸린 젖은 염주를 냅다 돌리는 法席이었습니다

대가리 6

—비와 함께 떨어지는 별의 일기

1

오전 11시 45분, 온종일 흐리고 먼 산과 바다는 누워버렸다. 땅을 기는 네 바퀴, 타이어를 갈았다. 바퀴는 성실하고 깨끗이 죽었다. 이토록 순한 양이 또 있을까? 두 발은 게으름을 피우기 위해 머리를 굴리고 그리고 가장 빨리 늙은 손…… 속일 수 없는 세월의 가계부, 실물 크기의 감사, 손과 발을 오므린다.

고골리의 '광인일기'를 끝냈다…… 특히

북한이 미사일 일곱 발을 쏘아 올렸다. 한국은 독도해양조사를 감행했다. 미국에선 이라크전에서 죽음을 맞이한 한 병사의 어머니가 단식투쟁을 시작했다. 인터넷엔 '참을 수 없는 존재의 월드컵'이란 기사가 떠돌았다. 구두점을 잊지 말자. 비가 가늘게 오기 시작했다.

다시 비바람 불고…… 남해고속도로 위에서는 건설노

조와 전경들의 대치로 교통대란…… 한미 FTA, 참여정부를 지지했을 때의 기대와 희망, 점점 가망 없어 보인다. 저녁으로부터 다시 굵어지는 빗방울…… 끝을 보고야 말겠다는 그 무엇에의 의지…… 어딘가에서 조종하는 듯한 배후세력…… 비와 함께 떨어지는 별.

2

새벽 12시 2분, 비가 눈으로 얼음알갱이로 바뀌며 '자유'를 난발한 텅 빈 좆속 같은 책무덤 속을 들들들 파고든다.

우리는 기계가 아니다. 일주일에 한 번은 햇빛을! 제 몸에 불을 놓아 여공들의 엄마가 되었던, 노동이라는 이름의 갓난아기를 낳았던 전태일의 소지를 다시금 읽는다.

밥 먹고 살아야지! 돈 긁어모아야지! 민주주의라는 전차를 한강으로 밀어 넣어 빠뜨린 박정희체제, 자유주의

적 비판을 뛰어넘자는 저자 이광일 씨는 유소년기에는 박
정희를 '훌륭한 지도자'라고 생각했지만 이제 그 '인간적
그림자'로부터 벗어났다는 이력을 쓴다.

거슬러 16세기 항구, 앤트워프의 역사를 펼치면

세계 모든 곳의 상인들이 앤트워프의 초대를 받아들였
다 모든 동방의 배들이 향료를 들고 밀려오고 이 도시를
유명하게 만든 것은 그 도시의 크기가 아니라 자유였다
그들은 자유가 주는 이익만 철저히 추구했을 뿐이다 거
간꾼과 중개업자와 은행가는 검은 노예의 대금을 지불
하지 않고 종이 한 장을 보내기로 합의했다.
I owe you!

아스파놀랴 섬 흑인이 매우 좋은 상품이라는 것 기니
의 해안에서 흑인을 쉽게 붙잡아 모을 수 있다는 것 자기
소유로 만든 흑인을 모두 팔 수 있다는 것 신세계의 대농
장에서 죽도록 일하는 원자재로 모두 팔았다는 것.

그리하여 화폐는 태어날 때부터 한쪽 뺨에 생피 자국을 띠었다고 한다면 자본은 머리에서 발끝까지 모든 털구멍에서 피와 오물을 흘리며 출현한다고 맑스는 썼다.

3

세계 인구의 6분의 1이 굶어 죽어가고 있으며, 절반이 1달러로 하루하루를 연명하고 있으며, 평생 써도 남을 재산을 가진 사람이, 자신의 재산이 두 배로 늘어나기를 원하는 사람이, 자신을 보통사람이라고 말한다.

4

원자력 방패장을 유치한 경주의 성과를 신라 천년의 역사를 재현할 만한 사업이라고 대구경북연구원장 홍철 씨가 말했다.

5

내 아들, 한국 여자와 결혼시키려면 아파트가 있어야
한다는 베트남댁 르왁 씨가 티비에 나왔다.

리얼리즘 시예술의 가능성

—고희림 시세계의 매력

홍승용 · 현대사상연구소 소장

1

흔히 우리는 자신의 삶을 몇 가지 구역으로 나누어서 관리한다. 여기까지는 직장생활, 여기부터는 가정생활, 가정생활에서도 여기부터는 진짜 사생활 등등. 그 경계선을 넘나들면 꾸지람을 벌기 일쑤다. 공과 사를 뒤섞지 말라나. 허나 예술에 혼을 쏟는 사람들에게는 그런 구획이 별 의미없다. 삶의 모든 부분들이 예술 속으로 끊임없이 스며들어서로 엮이고 뭉치고 융합되어 한 덩어리씩 객관화되기를 기다리기 때문이다. 아주 내밀한 사연과 중차대한 정치·경제학적 이슈가 따로 놀기보다 남들이 예상하지 못한 방식으로 한 몸처럼 붙어버리기 일쑤다. 물론 예술가의 삶이 곧 예술작품일 수는 없다. 하지만 예술가가 겪어낸 문제영역의 폭과 문제의식의 깊이, 그리고 체험의 밀도는 그대로 개별 작품들의 밑그림이자 뼈대가 되고, 어떤 예술기법이 끼어들어 말끔한 형식을 만들어내기 이전에 작품의 윤곽과 위치를 대략 잡아주곤 한다.

고희림이 보고 겪고 지금도 몸담고 있는 세계, 우리 시대의 누구도 벗어날 수 없는 이 세계는 그다지 아름다워 보이지 않는다. 인간을 대가리 수로만 대하는 국가가 "죽은 뱀처럼" 버티고 있으며, "자본은 만들어진 신의 명령이란 신탁을 서슴지 않는다". "신자유의 방식에 물든 자유의 만찬" 속에서 사람들은 욕망의 일상에 파묻혀 이웃의 가난과 비정규직을 덮어놓는다. 호화찬란한 문명의 이기가 시시각각 새로운 모습으로 우리의 소비본능에 아부하지만, 여전히 인구의 6분의 1이 굶어 죽어가고, 절반이 1달러로 연명하는 세계다. 이곳은 누가 제 몸을 불살라도 아무도 달라지지 않는 곳, "의미 잃은 일생이 계속되는" 곳, 봄이 와도 내일을 알 수 없는 곳, 회의가 어둠 속으로 무한정 뻗어가는 곳, 벗어날 길 없는 "무간지옥" 같은 곳이다.

하지만 이 세상을 그저 끝없는 무간지옥으로만 겪어야 한다면 고희림은 살아갈 수도 시를 쓸 수도 없을 것이다. 이곳에는 "민주주의라는 전차를 한강으로 밀어넣어 빠뜨린 박정희체제"가 있었지만, 그 다른 쪽에는 "제 몸에 불을 놓아 여공들의 엄마가 되었던" 전태일의 소신공양도 있었다. "자연으로부터 폭발음이 계속 들려오고 / 철근과 콘크리트로 뒤덮인 고가송전탑들의 얽히고 설킴 / 빌딩의 모가지를 친친 감고 있는 자본이 모래비로 쏟아지고 / 이상한 시위를 계속하는 대명천지 서북노인들의 나라"이지만, 바로 이곳에서 착취와 억압이 없는, 눈물보다 웃음이 있는 공장, 노동

해방, 인간해방의 세상을 위해 '굴뚝광호'는 400일 넘게 고독한 투쟁을 벌였다. "온 나라는 강을 앓고 배추잎 쩐 세는 소리 끊이지" 않으며, "준설용 크레인이 강 둔토에 이빨을 꽂"고 있지만, 하늘과 땅 사이에 "어떤 목숨의 판화가 쿡 찍힌 듯이" 버티는 "낫 한 자루 같은 존재" 삼평리댁 춘화 언니도 있다.

자본과 국가권력이 만들어내는 지배질서는 결코 완벽할 수 없는 모순구조인 것이다. 구조화된 억압과 착취 아래서 힘없는 사람들은 고분고분 무심하게 휴대전화의 액정만 들여다보고 있는 듯하지만, 싸움은 어디서든 일어나 번지고 지배구조에 구멍을 내고 아예 구조 앞의 '지배'를 떼어버리려 들 수도 있다. 어쩌면 그래서 고희림은 "벼랑 끝 운운이란 어젯밤 시를 이제 북북 찢어야겠다"고 마음먹어도 좋을 것이다. 지배구조에 대한 세세한 학설들이 냉소 반 체념 반으로 그려놓는 바와 달리, 우리의 무간지옥은 그 자체를 넘어서려는 에너지로 요동치고 있으니까. 숭고의 영역에 닿아 있는 이 에너지 덕분에 고희림은 "먼지 앉은 한권의 책"을 펼쳐놓고도 "천지에 가득한 슬픔을 지나 / 존재하지 않는 존재로서의 존재가 있는 곳, / 나와 / 너의 코뮌"을 향해 한 걸음이라도 내디딜 수 있을 것이다.

2

　고희림이 그려놓는 코뮌의 모습은 상세하지 않다. "누구
나 일시적으로 관료가 되며 언제까지나 관료가 될 수 없는"
사회, 달리 말하면 아무도 이런저런 권력을 움켜쥐고 '갑질'
을 할 수 없는 사회 정도가 전부다. 코뮌을 구체적으로 그
리기에는 아직 지나가야 할 슬픔과 겪어야 할 고통이 '천지
에 가득'하다. 또 이 슬픔과 고통을 대면하고 그 뿌리를 들
춰내는 일이 코뮌으로 향하는 길이기도 할 것이다. 그 길은
험난하기 그지없어 아름다움이나 사랑보다 숭고나 분노와
더 친밀할지 모른다. 그래서 고희림은 "비명처럼 날카로운
분노의 용광로를 거치지 않고는 / 결코 삶에 이를 수 없"으
니, "그대의 마음에 분노를 키우라"고 권한다. "사랑은 슬
프고 / 분노는 사랑보다 숭고하다"는 것이다. 또 그래서 고
희림은 "아름다움은 내 몫이 아니"라며 "해방세상을 위한
노동의 첫마음이 진군할 뿐"이라고 단언하고 있다.

　그렇다고 정말로 고희림이 아름다움과 담을 쌓고 있는
것은 아니다. 다수 민중을 끊임없이 견디기 어려운 고통과
죽음으로 몰아가는 권력을 향해 분노하며 추하다고 말하
는 것 자체가 이미 중요한 미감의 산물이다. 미의 가장 중

요한 척도가 우리의 생명을 북돋는 데에 있다면 말이다. 물론 아름다운 것을 아름답다고 느끼는 것 역시 중요한 미감인데, 우리는 흔히 국가와 자본이 관리하는 정형화된 미감의 틀에 갇혀 무수한 아름다움을 아름다움으로 대하지 못하고, 고작 성형·미용·패션·오락산업이 길러낸 원초적 미감을 절대화하기 쉽다.

그에 반해 고희림은 우리가 잊고 있거나 눈길조차 주지 않았던 무수한 것들의 미적 가치를 잡아낸다. 그 덕분에 송북리 가는 길에서는 강아지풀과 엉겅퀴, 개쑥과 토끼풀, 그리고 낭미초들이 우리를 맞이한다. "어스럼 달빛 농로를 따라" 찾아간 시골 교회에서는 풍금 소리가 하느님 말씀을 차려놓으며, "저녁 설거지 같은 村老의 기도 소리는 / 새가 장차 죽으려 할 때 그 우는 소리처럼 / 사람이 장차 죽으려 할 때 그 말처럼 / 슬프고 착합니다." 이 착함과 슬픔에 대한 공감은 무간지옥을 만들어내는 지배구조에 대한 분노 못지않게 고희림을 움직이게 만드는 원동력일 것이다. 그래서일까, 고희림은 코뮌을 향해 진군하는 투사이기보다 "소복 입은 서기"가 되거나 "세상에 찍은 점 같은 역할"을 맡기를 더 원하는 듯하다.

분노라는 것이 이미 객관의 이름으로 구경꾼 노릇하기를

포기하고 문제 속으로 몸을 던지게 만드는 것처럼, 슬픔과 부끄러움을 수반하는 공감은 약자들, 피해자들, 피억압자들과 하나로 묶이고자 하는 반응방식이다. 그러나 서기가 되는 것, 시를 쓴다는 것은 고통에 파묻히는 것이 아니라 그것과 생산적인 거리를 유지하며 고통을 객관화하는 것이다. 따라서 시인의 연대감에는 대상과의 간극이 필요하며 이에는 부채의식이 따른다. 함께 있어야 하는데 다른 곳에서 글을 쓰고 있다는, 투쟁현장을 뒤늦게야 찾아왔다는, "세상이 버린 역사의 혼들"을 아직 제대로 불러들이지 못했다는 채무감, 그 때문에 고희림은 "잘못을 저지른 연인처럼" 시를 쓸 수밖에 없다. 또 혁명을 이야기하면서도 "수많은 생각과 생각을 잇는 다리를 / 피난민처럼 건너고 있다 / 다리를 건너가면 무엇이 또 있을까 / 다리를 건너갈 수는 있을까"하고 냉정하게 자신을 들여다본다. 해방을 이야기하면서도 "환희의 뒤를 이을 처참"을 떠올리며, "어쩌면 우리 생에 다시 닥칠 낯선 장면에서 / 욕동이 춤출 새로움이 / 우리 자신의 습관을 깨트릴 수 있을" 것인지 "혁명인들 그러할 수 있을" 것인지 살핀다.

이러한 회의는 사태를 바깥에서 구경하는 이론가들의 냉소와 분명 다르다. 그것은 혁명과 체제변혁이 해방으로 이어지지 못하고 또 다른 억압체제를 만들었던 환멸의 역사를 목격한 뒤 좀 더 조심스러워진 시적 리얼리즘의 자세다. 코뮌을 향해 진군하더라도 좀 더 현실에 발을 딛고 나아가자는 이야기이기에, 그것은 한 발짝도 움직이기 싫어하는 냉소주의가 될 수 없다. 그러한 리얼리즘의 시선으로 보면 현실정치의 구호들은 얼마나 공허한가. "네거리마다 허공을 향해 배치기 하는 현수막들은 / 남의 집 담장 너머 개 짓는 소리 들리시는지" 따지고 싶어지는 것이다. "식탁만이" 아니라 "심야 선거사무실의 유급 선거운동원"도 "시간밖에" 모른다는 세세한 사정까지 시야에 들어오는 것이다.

이 조심스러운 리얼리즘은 회색분자의 몫이 아니냐고 시비 거는 사람들도 없지 않으리라. 고희림은 시월 앞에서 자신을 회색분자라고 느끼기도 한다. 그러나 이러한 자의식은 해방운동을 무슨 벼슬로 여기지 않으려는 다짐이라고 보고 싶다. 고희림은 본심을 분명히 밝히고 있다. "우리 사이에 어떤 시비是非가 있어 / 일순 비칠거리는 의심이 일거든 / 내 젖가슴 사이 불붓을 보아라 / 소상히 밝히려 / 각별히, / 함께, / 쓴, / 공산화첩共産火帖을 보아라". 이러한 본심에 비춰볼 때 고희림이 말하는 "비칠거리는 의심"이나 "잘못을 저지른 연인" 같은 채무감은 독선적 선동이나 안이한 진보의

환상에 기대지 말고, 코뮌을 향해 진군하더라도 좀 더 섬세하게 몸으로 겪고 서로 교감하면서 함께 가자는 뜻을 담고 있다고 여겨진다.

3

어떤 훌륭한 이상이나 원리를 원론적으로 받아들이더라도, 삶을 통해 그것들을 검증하고 이로써 구현하는 과정이 없다면, 그러한 원리는 공허한 관념의 유희에 머물거나 심지어 현실의 주요문제들을 제대로 이해하고 해결하는 데에 방해가 되기 쉽다. 어떤 인식이 현실적인 힘이 되기 위해서는 대중을 장악하기 이전에 이미 개인 차원에서부터 체화될 필요가 있다. 체험과 유착된 구체적 인식, 빈번히 분노나 공감 혹은 연민과 공감을 수반하는 인식, 또 이를 촘촘히 엮어 일상어의 안이한 흐름에 묻혀 있던 말들을 풍부하고 밀도 있는 의미망 속에 엮어 넣는 시어들은 유치한 말장난의 재미와는 전혀 다른 차원의 뜨겁거나 서늘한 쾌감으로 독자를 끌어당긴다. 이러한 매력은 크건 작건 정치적 의미를 지닌다.

고희림의 시세계는 정치적이다. '모든 것은 정치적'이라는 일반적 의미를 넘어서서 정치적이다. 그것은 어떤 대상들이 시인의 눈에, 언어의 그물에 잡히느냐, 그렇게 포착되어 객관화될 때 어떤 온도로 다루어지느냐, 그리하여 마침내 어떤 에너지를 발산하느냐에 따라 다양한 상태로 독자의 피부 속에 스며들어 증식되는 현실 판단의 문제다. 이는 작가마다, 작품마다 다양한 색깔을 띨 수밖에 없다. "풀뱀 득실득실 할 시절"의 짓궂은 악동들에 대한 아련한 이야기와, "그를 죽여 되려 전쟁에 패배하는 한이 있더라도 / 오로지 명단에 있고 숫자만 맞으면" 사살한 국가, 아이들을 산채로 수장하고도 "아이들 숫자가 얼마 되지 않는군 / 계산기를 두드리던 국가"를 향한 질타 사이에는 분명 온도와 밀도의 차이가 있다. 그러나 지금의 지배질서에 아무 이의를 제기하지 않고 오히려 동의를 유발하고 그래서 실질적으로 억압적이냐, 아니면 지배질서의 흉한 몰골을 드러내 그 너머를 꿈꾸고 한 발이라도 내딛도록 충동질하는 마법의 힘을 발휘하며 그래서 해방적이냐는 작품의 정치적 의의를 가늠하기 위한 기본 척도일 것이다. 이 척도에 비춰볼 때 고희림의 시세계는 직설적으로든 우회로를 통해서든 지배질서와 타협 없는 싸움을 벌이며 또 그만큼 해방적이다.

순수하게 미의 여신에 복무해야 할 시예술이 정치적이라는 것은 심각한 약점이 아니냐고 의구심을 품을 수 있다. 허나 미의 문제는 본질적으로 정치 문제이기도 하다. 우리가 무엇을 멋있다 혹은 추하다고 보느냐에 따라 지속적으로 추구하고 행동하는 바가 달리 규정되기 때문이다. 뿐만 아니라 모든 지배자들의 영원한 꿈, 즉 피지배자들이 알아서 기는 상황을 만드는 데에는 논리적 설득이나 노골적인 폭력 이상으로 지배자들을 멋있다고 보도록 미감을 훈육하는 것이 효과적이다. 유치한 형태건 조금 세련된 형태건 용비어천가를 제작하여 널리 유포하는 것은 모든 지배자들의 기본사업이다.

힘없는 사람들은 지배자들이 구축한 미감의 통제장치에 무방비로 노출되어 있다. 이에 대한 자각과 대안적 미감의 형성, 곧 미감의 해방 없이는 인간 해방도 요원한 일이다. 이는 출판·유통·평론·홍보 등을 중심으로 문학계 한 쪽에서 늘 벌어지는 권력게임이나 작품에 직접 등장하는 정치적 소재 따위와 다른 차원의 문제다. 그것은 사물들을 대하는 감각적 판단의 문제, 긍정하느냐 부정하느냐, 세밀한 관심을 기울이느냐 대략 묶어서 보느냐, 상투적이냐 새로운 시각을 불러내느냐 등의 문제인 것이다. 어떤 것을 미적으로

평가할 가치가 있는 대상으로 떠올리는 일부터 이미 정치적이다. 따라서 어떤 작품이 정치적인지 순수한지 검열하기보다 어떤 방향으로 얼마나 효과적으로 정치적인지 찬찬히 살피는 편이 좀 더 현실적일 것이다.

예컨대 봄날 봄꽃들의 화사함에 취하는 대신 마트 정육점에서 "살아온 흉터"를 달라며 "어떤 살육이었을지 알 수 없는 것은 싫"다고 할 때, 육식과 성장과 속도의 삼위일체를 이루는 자본의 일사불란한 일상 리듬에 생태주의적 엇박자가 끼어들고, 어쩌면 살육의 역사의 그림자가 어른거리는 것을 느낄 수도 있을 것이다. 그러나 "강보다 불행해진 국가를 향해 돌멩이 같은 눈물로 뺨을 쩧는다"거나 "국가의 병 때문에 저 강의 삶은 이제 국가의 삶과 한통속이 되었다"는 표현은 4대강으로 집약되는 국가와 자본의 생명 파괴적 메커니즘에 대한 부정적 판단을 거의 즉각적으로 환기시킨다.

이때 표현이 완곡하고 우회로가 촘촘할수록 예술성이 뛰어나다거나 아니면 간명하고 단순해야 한다는 등의 공식을 아무데나 일반적으로 적용해야 할 필연성은 없다. 다루는 대상 혹은 문제와 어떻게 결합하여 어떤 효과를 만드느냐, 얼마나 현실적 삶의 문제에 깊이 파고들어가 해결을 향한 적극성을 살려내느냐, 아니면 문제들을 덮어버리고 오늘의 억압구조를 온존시키는 데에 일조하느냐가 관건일 것이다. 이 본질적 차원에서 고희림 시세계의 정치적 성격에는 논란의 여지가 없다. 누적된 체제적 폭력과 억압에 대해 단호히 비판적이고, 억압받는 자들의 삶에 대한 공감과 연민의 감각 혹은 연대의식으로 충만해 있다. 독자들의 감성과 부딪쳐 어떤 불꽃을 일으킬지 기대된다.

4

현실사회주의 체제의 붕괴에 따라 진보에 대한 환멸이 퍼지고 포스트주의의 유행병이 학계와 문화계를 휩쓸면서, 저항적 민중문학의 신경중추인 리얼리즘 정신은 치명상을 입었다. '시뮬라시옹'이라는 주술은 진실 추구의 뜨거운 열정에 찬물을 부었고, '거대서사'와 총체성에 대한 저주들은 현실의 근본문제들과 피 말리는 대결을 그만두시라고 충동질했다. 정치경제학이 대중들의 관심에서 멀어지고 위축되면서, 억압과 착취와 학살의 잔혹사도 냉소적으로 상대화되어 여러 담론들 가운데 하나일 뿐인 것으로만 취급되기 일쑤였다. 깐깐한 미시권력분석 앞에서, 신성했던 민중적 당

파성은 구태의연한 권력욕의 노골적인 구현방식이라는 의혹에 시달리곤 했다. 예술의 대중적 효과와 인식기능을 결합하자는 전략개념, 즉 전형은 성가신 규범론 내지 본질론의 사생아로 천시되기에 이르렀다. 이러한 문화풍토가 만연하게 된 데에는 진보의식의 빈곤이 자초한 면도 간과할 수 없을 것이다. 포스트주의에 비추어 진보운동이 스스로를 돌아보아야 할 면도 없지 않을 것이다.

그동안 이데올로기 영역의 혼선을 비웃으며 자본과 국가권력은 신자유주의 양극화 메커니즘을 무자비하게 밀어붙였고, 드디어 비정규직을 합법적으로 보편화할 기세다. 이웃나라의 핵 참사를 목격하고도 반생태적 정책 기조를 바꿀 기미는 없다. 언론자유의 위상을 알아서 기는 수준으로 곤두박질시켰고, 역사마저 국유화하겠다고 팔을 걷었다. 그 사이에 세월호가 터졌고 수백의 꽃 같은 목숨이 스러졌다. 그래도 대중들의 분노는 미약하고, 저항운동은 사분오열 지리멸렬의 처지를 못 벗어나고 있다. '무간지옥'이 우리 코앞에서 펼쳐지는 중이다. 포스트주의의 반리얼리즘 선동을 허공에 뜬 가설로 만드는 바로 이 불행한 현실로 인해, 역사적 진실을 위해, 생존을 위해, 해방을 위해 현실주의적으로 싸우지 않을 수 없는 것이다.

고희림의 시들 하나하나 역시 이 투쟁의 한 현장이다. 국가와 자본의 무소불위 권력과 맞장 뜨는 거대담론이면서 미시권력론의 의심에 세심히 대응하는 자기성찰의 산물들이다. 오만과 독선으로 치닫는 진보권력이 아니라, 힘없는 사람들과의 공감과 연대 체험을 동력으로 삼는, 그래서 회의를 이해하고 부끄러움을 아는 진보의식의 기록이다. 『대가리』로 집약된 고희림의 시예술은 추한 것을 추한 모습으로 폭로하면서 일상에서 파묻혀 있는 아름다움을 예민하게 포착해냄으로써, 또 듣기 좋은 원론에 의지하기보다 몸으로 겪어서 얻은 삶의 진실에 충실하고자 함으로써, 그리하여 해방을 위한 가치투쟁과 진실투쟁을 하나로 녹여냄으로써, 이 시대 리얼리즘 시예술의 무궁무진한 가능성을 활짝 열고 있다.

* * *

일상에서 고희림의 언변은 어눌한 편이어서 시인 맞나, 하는 의문이 들기도 한다. 그러나 시 한 편 한 편을 접하면서 그가 시인이라는 칭호를 그냥 얻은 것은 아니라는 사실을

실감했다. 개별 체험과 보편 이념을 절묘하게 묶어놓는 이미지 결합들과 간결한 농축의 묘미를 만끽할 수 있었다. 물론 고희림이 벌이는 싸움을 목격하는 것이 재미의 핵심이었다. 그가 앞으로 펼쳐갈 또 다른 싸움이 벌써 기다려진다. 기회가 되면 조금씩이라도 거들 작정이다.